Гора Самоцветов

янтарь

издание осуществлено при содействии фонда **«РУССКИЙ МИР»**

Сказки народов России

по мультфильмам студии «ПИЛОТ»

АЭРОДРОМ

Москва, 2009

содержание

художественный руководитель проекта «Гора самоцветов» **АЛЕКСАНДР ТАТАРСКИЙ**

Гора
Самоцветов

Куйгорож

мокшанская сказка

В России, в междуречье Мокши и Суры, в краю, где больше сотни рек и полтысячи озёр, лежит Мордовия. Здесь живут два народа — эрьзя и мокша. Называются они по-разному, у каждого свой язык, а живут дружно. И всегда они разводили пчёл, выращивали пшеницу, украшали деревянной резьбой дома и корабли. Женщины искусно вышивали и делали из бисера и мелких монет необычные украшения. Из этих мест вышел знаменитый на весь мир скульптор Степан Эрьзя. В его скульптурах дерево — как живое! И действительно, с древних времён жители Мордовии обожествляли и лес, и деревья. По их поверьям, в лесах, реках и озёрах живёт множество волшебных существ — леший, ведява, паксява, куйгорож... О них сложено множество сказок. И каждая — как драгоценный камень-самоцвет.

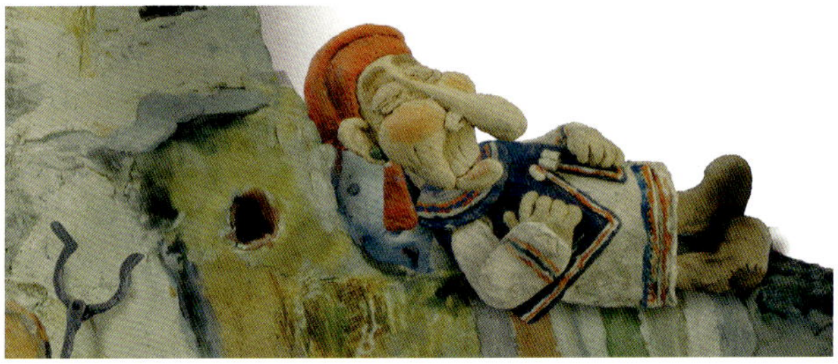

Давно это было… В одном мокшанском селе жили-были старик со старухой — Пятань да Акуля. Были они в работе никудышные, а в мыслях зави-

дущие, и потому жили бедно, хуже некуда. Такие они бездельники были — детей завести и то поленились. Хозяйство у них всё развалилось.

Захотелось как-то Пятаню есть, а в доме хоть шаром покати. В амбар пошёл и там ничего не нашёл. В печку сунулся, да только в саже вымазался.

Будит дед бабку:

— Эх, Акуля, что делать-то будем? Изба того гляди завалится. В доме пусто и в амбаре не густо. Помрём мы!

Бабка проснулась, чумазого деда увидала и чуть с печки не свалилась.

— Тьфу! Напугал, старый чёрт!

— Чёрт, говоришь? Ох, и правда, хоть нечистого зови…

А у старухи глаза разгорелись:
— А что? — говорит. — Вон, сказывают — есть в лесу дуб старый да корявый, а в нём дупло совиное, а в дупле яйцо змеиное, Куйгорожем зовётся. Высидишь его — и богатым будешь, не работая.

Пошёл Пятань в лес. А в лесу-то темно. Чем дальше, тем страшней. Звери воют, вороны каркают.

Вдруг деревья расступились и очутился дед на какой-то поляне. А посреди поляны — дуб с чёрным дуплом, страшный да корявый.

Старик возьми да и перекрестись.

— Ох, страх-то какой! Господи пронеси... Свят, свят, свят!

И тут дуб затрещал и провалился под землю, будто и не бывало.

Пятань на четвереньках ползает, землю гладит, где дуб был, да осипшим голосом кричит:

— Эй, дуб, ты что? А яйцо-то где?!

Да куда там!

Вернулся Пятань домой с пустыми руками.

— Ну что, не нашёл? — спрашивает Акуля. — Небось крестился да Господа нашего поминал, старый ты пень?

— Да как же не помянуть, коли страшно-то так!

— Эх, дурья твоя башка! Так-то тебе и дуб не покажется, и яйца не добыть! Вот-ка я тебя снаряжу!

Слезла баба с печки, обмотала деда верёвкой и рот пробкой заткнула.

— Это тебе, чтоб не крестился и не божился!

Положила Акуля деда в телегу, словно куль, и стеганула лошадь. Та и понеслась не разбирая дороги.

Как из оврага выскочили, лошадь сама в телеге оказалась. Так и мчались по лесу — лошадь передними ногами по земле перебирает, Пятань в перепуге глаза таращит.

Вдруг очутились они на поляне. А там дуб чёрный стоит — больше прежнего. Лошадь с ходу в дуб врезалась. Дед вылетел из телеги, верёвки на нем развязались, и он головой прямиком в дупло.

А в дупле том оказалось светло как днём. Поднял Пятань глаза и остолбенел: на тоненькой ножке огромное яйцо качается и всё сияет, будто солнце. Подивился старик, потрогал ножку, а яйцо вдруг маленьким сделалось и само ему в руку опустилось. И тут дед куда-то провалился.

Глядит — а он у себя дома, с яйцом в руке, и с печки на него Акуля таращится.

— Смотри-ка, принёс! — говорит. — Давай сюда.

Взяла бабка яйцо, соломки постелила и стала его высиживать. А занавеску-то задернула. Сунул было нос Пятань, да старуха его отшила:

— Куда нос суёшь, старый пень! Иди на двор и жди там.

Сидит дед на завалинке, да ждёт. Вдруг из окна свет необыкновенный полился.

Пятань бегом в избу. Видит — бабка на полу, зад потирает. А на печке скорлупки и кто-то маленький лежит, глаз не открывает.

Дед с опаской спрашивает:

— Дохлый, что ли? Ты, Акуля, его, кажись, задавила!

Вдруг маленький крылышками замахал, под потолок взлетел и как заверещит:

— Кик-кик! Я Куйгорож! Кик-кик! Что делать будем? Давайте мне работу! А не дадите — всё вам тут порушу-поломаю!

Тут и дед на пол сел.

Бабка шепчет:

— Дед! Дед! Давай думай скорее! А то и вправду...

Дед в затылке почесал и говорит:

— Да вот, милок, голодаем мы! Нам бы хоть каши горшочек!

А бабка вторит:

— Да побольше! С горкой!

Куйгорож крыльями замахал, по избе пролетел, мухомор в углу сорвал и на стол бросил. Раз — и мухомор горшком каши стал.

Дед с бабкой рты так и разинули, а Куйгорож ложкой оборотился и давай их кормить.

Наелись до отвала, как в жизни не едали. У Пятаня пузо раздулось, аж пуговица отлетела. Акуля сидит, живот гладит, от сытости икает.

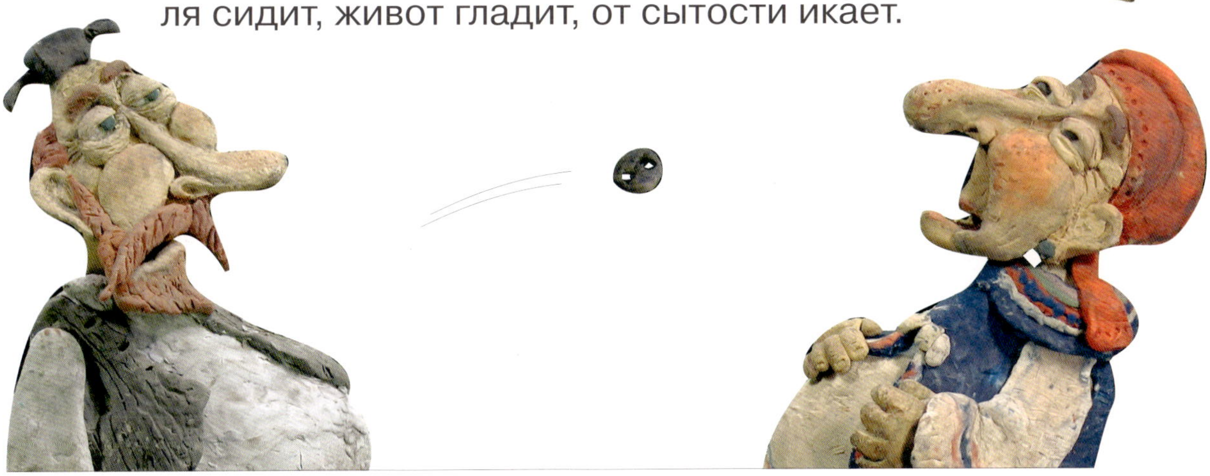

А чудо-ложка на стол опустилась и Куйгорожем оборотилась.

— Кик-кик! Я Куйгорож! Что делать будем? Давайте мне работу. А не то всё вам тут порушу-поломаю!

Бабка рукой машет:

— Да у нас работы — непочатый край! Дай нам одёжи покрасивше и побогаче!

А дед вторит:

— Как бояре носят!

Куйгорож вихрем туда-сюда пролетел. Глянь — Пятань в латах железных стоит, а Акуля вся в кружевах да в корсет затянута.

— Ой, душно, — сипит дед.

— Тесно! — жалуется баба.

— Полегче бы, — просит дед.

Куйгорож в иголку вытянулся и давай сквозь них пронизываться. Глядь — а старики в дикарских обновках, голыми пузами щеголяют.

— Ой, срамота! — стыдится Акуля.

А Пятань только хихикает.

Что ж, Куйгорож ножницами стал, вмиг всё состриг и деда с бабкой барами нарядил. Правда, кое-что перепутал.

Акуля сердится:

— Это ещё что? Нам бы понаряднее…

А Куйгорож уже утюгом пыхтит, заново перезаглаживает. Огляделись дед с бабой — ой, хороши наряды! Цветасты, золотом вышиты, самоцветными каменьями переливаются!

— Видал, дед — вона мы какие! — говорит баба.

— Красотища! — вторит дед.

А Куйгорож тут как тут:

— Кик-кик! Я Куйгорож! Что теперь делать будем? Давайте мне работу. А не дадите — всё порушу-поломаю!

— При таких нарядах нам бы и хозяйство побогаче, — говорит баба.

Дед просит:

— Милок, амбар нам можешь поправить?

А баба в бок его толкает:

— Лучше хлев да избу новую. Да не избу — хоромы царские, с зеркалами да паркетами, чтоб всем соседям на зависть.

Взлетел Куйгорож, и избы как не бывало — еле успели дед с бабой во двор выскочить.

А двора-то не узнать! Вместо амбара хлев, да не хлев — хоромы! Где лужа с воробьями — пруд с лебедями. Скотный двор и тот расписной! А скотина-то, скотина — славная да жирная! Кругом забор высоченный. Дома соседские в ямы да канавы задвинуло, чтоб не мешались. А посерёдке дворец стоит, маковкой в небо упирается.

Тут и верная кляча пришла, да прогнала её баба со двора:

— А ты, дохлятина, пошла отсюда! Нам теперь таких не надобно.

Махнула ей вслед и деда зовет:

— Ну что, дед, пойдём в роскоши купаться!

И пошли они свой дворец осматривать. А там красота! Лестницы да колонны, картины да статуи! А окон-то, окон! И диковины всякие кругом. Идут дед с бабой из залы в залу, головами крутят и не надивуются.

В спальню зашли и на перинах развалились.

— Эх! И заживём мы теперь! — говорит Пятань. А Акуля хихикает:

— Давай соседей позовём — пусть обзавидуются!

Стали они соседей звать на богатство любоваться. Да те только плюнули и разговаривать не стали.

— Ну и тьфу на вас! — сказала баба. — И без вас обойдёмся!

А Куйгорож снова тут:

— Кик-кик! Я Куйгорож! А что теперь делать будем? Быстро мне работу! А не то всё порушу-поломаю!

Акуля и говорит:

— А давай-ка, Пятань, пир закатим. Эй, ты! А ну-ка стол накрой да гостей приведи, самых благородных. Чтоб соседи от зависти полопались!

Куйгорож стрелой в лес полетел, всякой дряни понабрал и вернулся.

Вошли Пятань с Акулей в пиршественную залу и заробели. Стол разносолами ломится, а за столом гостей полным-полно. Вид у них чудной, наряды странные — сразу видать, народ не простой. Баба деда в бок толкает:

— Ты смотри, старый, простоту свою перед гостями благородными не показывай!

— Как скажешь, счастье моё, при такой жизни я на всё согласный!

Поклонилась Акуля:

— Бонжур, гости дорогие!

— Салям алейкум! — ляпнул дед, чтоб лицом в грязь не ударить. А баба шепчет:

— Граммофон неси, старый, вишь, гости скучают...

И пошёл у них пир!

Ночь настала, а гости совсем разошлись — пляшут так, что дворец шатается. Соседи смотрят и крестятся: никак нечисть гуляет!

Ну а как петух-то пропел, гости во все щели и вылетели. А дед с бабой прямо за столом уснули.

А Куйгорож тут как тут:

— Кик-кик! Я Куйгорож! Что теперь делать будем?

Баба только отмахнулась:

— Всё у нас есть! Ничего нам сейчас не надо! Иди отдохни пока!

— Кик-кик! Я Куйгорож! — не унимается тот.

Насилу Акулька голову подняла:

— Вот надоел! Пшёл вон! Не видишь — хозяйка отдыхает!

И швырнула в него сапогом.

— Ах, так! — разозлился Куйгорож. — Кик-кик! Всё порушу-поломаю!

Взлетел — и всё богатство вмиг стёр-поломал.

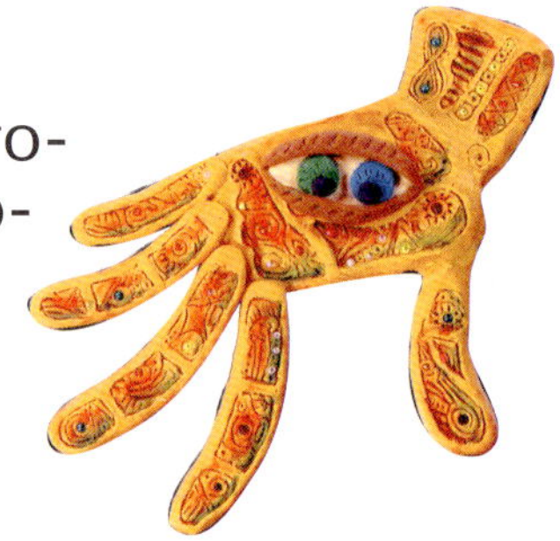

Посмотрел Куйгорож на развалины.

— Всё! Кик-кик! — и улетел.

— Что теперь-то делать будем? — спросил дед.

Ничего не ответила баба.

Так и остались ни с чем Пятань с Акулей. И поделом.

Недаром про тех, кто богатство не своим трудом нажил, говорят: «У них Куйгорож завёлся, и счастья им не будет!»

Гора
Самоцветов

Ворон-обманщик

Россия — самая большая страна в мире. Чтобы пересечь её, нужно лететь целый день. И тогда мы окажемся на далёком полуострове Камчатка, где среди других северных народов живут ительмены. Ительмены — храбрые мореплаватели. Давным-давно их предки приплыли на Камчатку откуда-то из тёплых морей, может быть, даже из Австралии. И остались жить в этих местах, среди дымящихся вулканов и горячих источников-гейзеров. Ительмены охотятся на морских зверей, ловят рыбу и огромных камчатских крабов. Лучшие друзья ительменских ребятишек — собаки, такие лохматые, что могут спать в глубоком снегу. А любимая игрушка — *танкел,* то есть трещотка. Сказки здесь рассказывают тоже самые разные. И каждая из них — как драгоценный камень-самоцвет.

Давно это было. Много зим назад, на самом берегу моря, рядом с высокой горой, в яранге собака жила. Рыбку ловила. Варила, однако. А на дереве ворон жил. Просто на ветке жил, своей яранги у него никогда и не было.

И работать ворон не любил. Всё у соседей воровал.

И вот захотел ворон краба поймать. Тут, однако, крабы сами ворона поймали. Держат, не отпускают, хвост камнем придавили.

Испугался ворон.

— Отпустите меня, что хотите отдам! Хотите в жёны мою тётку? Она такая красавица, такая красавица! У неё хвост, как у оленя.

Рассердились крабы:

— Настоящие крабы не женятся на воронах!

— Ну, хотите, отдам вам лодку моего деда. Совсем новая лодка!

— Нет, не хотим! Настоящим крабам лодка не нужна! Совсем не нужна!

— Ну, ладно. Отпустите меня! Эх, вы! Ведь там столько вкусной рыбы пропадает!

— Где, где рыба? — закричали тут крабы.

— Пошли, покажу! — говорит ворон — Только отпустите.

Крабы ворона и отпустили. Засмеялся ворон и улетел! Совсем. Рад, однако — цел остался.

А собака много рыбы наловила. Принесла в свою ярангу.

Однако ворон тут как тут. Хотела собака его прогнать, да тут ей ворон говорит:

— Ты вот здесь сидишь, а там, за горой, крабы кита делят.

Его море принесло. Большой кит! Дохлый! Вкусный! Беги скорей, может, и тебе что-нибудь достанется.

Поверила собака ворону, побежала.

Быстро бежала. Только никакого кита не нашла.

А ворон всю рыбу и съел.

Вернулась собака. Говорит:

— Нет на берегу никакого дохлого кита.

Засмеялся ворон:

— Просто ты бегаешь очень медленно. Вот крабы всего кита и съели. А сюда лиса приходила. Всю твою рыбу утащила. Ай, бессовестная!

Собака пошла и побила лису.

А ворон к себе на дерево улетел.

Холодно, однако, на дереве жить. Скоро ворон опять есть захотел. Решил ещё раз собаку обмануть.

К собаке в ярангу пришёл:

— Пойдем с горы кататься.

— Не могу, — отвечает собака. — Видишь, сеть плету.

— Да я сам вчера хорошую сеть сплёл, — говорит ворон.

— Сам сплёл?

— Да, большую, чтоб кита ловить!

Удивилась собака: чтобы у ворона — и сеть? Однако пошла с вороном кататься.

Говорит хитрый ворон:

— Давай, кто быстрей к морю скатится! Ты победишь — отдам тебе свою новую сеть, а если я быстрее, тогда ты меня своей рыбкой угостишь.

Покатился ворон, а потом взлетел.

А собака в воду упала, чуть не утонула. Хорошо, крабы помогли. Ворон же в собачью ярангу пошел и стал в ней хозяйничать.

Однако скоро все припасы съел. Опять голодным остался.

Что делать?

А человек в проруби рыбу ловил.

Стал ворон рыбьей чешуёй себя украшать, перья чистить. Спрашивает человек:

— Ты зачем это прихорашиваешься? Куда собираешься?

— Богатый сосед меня в гости позвал. Много дочерей у него. Может, жену себе выберу.

Попросил человек ворона:

— Возьми меня с собой. Я тоже хочу в свою ярангу жену привести.

— Пойдём, — отвечает ворон. — Только надо сначала посмотреть, как быстро бегать можешь! Должен ты обогнать его дочь. Если обгонишь — отдаст сосед тебе её в жёны. Не обгонишь — побьёт он тебя. Лучше мы сначала попробуем. Вон до тех камней добежим. Обгонишь меня — будет тебе жена. Бежим!

Согласился человек. И побежали они. Человек быстро бежал, сразу ворона обогнал. А тот назад к проруби полетел и всю рыбу съел. Вернулся человек, а ворон кричать стал:

— Ах, совсем бессовестная лиса сюда приходила! Твою рыбу утащила! Что делать будешь?!

Пошёл человек и побил лису.

Снова пришёл человек к проруби. И увидел у ворона свою рыбу. Недоеденную. Понял человек: этот ворон — обманщик.

— Ничего, — говорит. — У меня много ещё рыбы в этой проруби. Я её на вороний хвост ловлю.

Удивился ворон:

— На хвост? Вороний? Как же ты это делаешь, однако?

— Эта прорубь моя, — говорит человек.— Меня здесь вся рыба знает.

Был у меня друг. Тоже ворон. Эту прорубь мне подарил и сказал: «Вот тебе вороний хвост. Как опустишь хвост в воду, вся рыба к тебе и придёт».

«Вся рыба! Вот это да!» — подумал ворон.

А человек зовёт ворона:

— Пойдём ко мне в гости, в мою ярангу. Погреемся.

— Устал я, — говорит ворон. — Ты иди. А я тут посижу, отдохну маленько.

Человек и ушёл к себе в ярангу. А ворон посмотрел-посмотрел на прорубь да и опустил в воду свой хвост.

Долго сидел. Заснул. Во сне много рыбы видел. Потом проснулся. Захотел ворон встать, да не может! Хвост шибко примёрз.

«Ого! Сколько рыбы наловилось! Вот даже вытащить не могу!» — думает ворон.

Сидит ворон, мёрзнет, улететь не может.
Тут собака из моря вернулась, на льдине приплыла.

Увидел ворон собаку.

— Помоги, — говорит, — хвост вытащить.

— Ну, нет! — говорит ему собака. — Ты меня обманул. За это тебе и наказание.

И побила собака ворона.

Хотел он у крабов помощи попросить. Настоящие крабы не любят обманщиков, однако. Побили они ворона.

А тут лиса идёт — её крабы привели.

Совсем испугался ворон.

Рванул он изо всех сил. Примёрзший хвост оторвался, ворон и улетел. Без хвоста, однако.

А лиса посмотрела в прорубь и вороний хвост вытянула. Рыбы на него много намёрзло. Лиса всю рыбу к себе в ярангу унесла.

И научил человек ворона рыбу ловить.
А вот так — не любит никто бездельников, однако.

Гора
Самоцветов

Столица нашей родины — Москва. В самом центре Москвы старинный Кремль. Из Кремля русские цари управляли нашей огромной страной.

А в 1712 году столицей России стал Санкт-Петербург — «город святого Петра». Царь Пётр основал его там, где река Нева впадает в Балтийское море. Поэтому в городе много каналов и мостов. Чтобы по реке могли проплыть большие корабли, эти мосты поднимают каждую ночь. Кстати, летом в Петербурге бывают белые ночи и светло, как днём.

В этом городе много прекрасных памятников и дворцов. В Зимнем дворце сейчас самый большой в России музей, который называется Эрмитаж. Если обойти все залы музея и постоять перед каждой картиной хотя бы минуту, то не хватит всей жизни. Даже если вы будете жить сто лет.

Существует много преданий, легенд и сказок о том, как был основан город Петра. И каждая из них — как драгоценный камень-самоцвет.

Жил да был на свете царь. Петром его звали. По прозвищу — Великий. И вот как-то надумал он город на берегу Балтики основать и назвать оный город Санкт-Петербургом.

Выбрал место хорошее. И река есть, и море. Ко всем сторонам путь. Да вот незадача — камень на том пути лежит. Ни пройти, ни проехать!

— Убрать его немедля! — говорит царь. — Казны не пожалею! Озолочу!

Тут немецкий инженер вышел:

— Натюрлих! Я могу камень механизмой иссверлить на мелкие куски во славу Вашего Императорского Величия. Извольте на обустройство сто тыщ рублёв.

И пошла работа! Пилой пилил, долотом долбил, молотком отбивал, да ничего не вышло. Только пилы да молотки поломал и механизму свою изгубил!

А тут итальянцы:

— Аллёре, — говорят. — Сие дело деликатное, воздушности требует. Летательный аппарат мастера Леонардо сей камень по воздуху перенесет, а на всё про всё пятьдесят тыщ целковых нам.

Взлететь-то сей аппарат взлетел, да, вишь, верёвки все полопались!

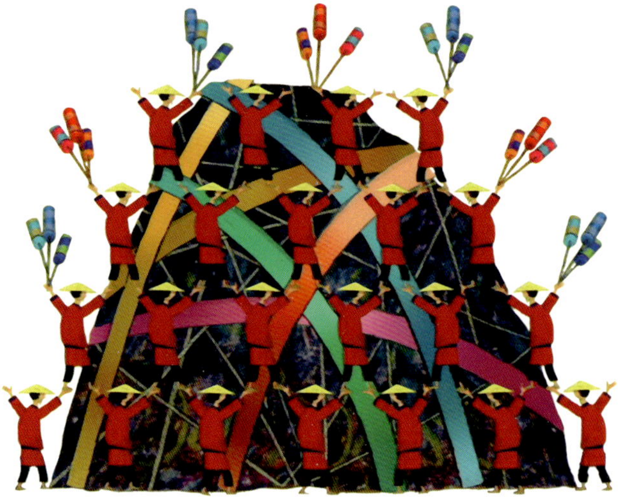

Тут китаец откуда-то выскочил, из казны сустаток забрал, а камень обещал взорвать.

Ну, тут ихнего брата набежало… Заложили бомбы, петарды, фейерверки!

Фитиль подожгли. И тут как шарахнет!

Дым рассеялся. Камень на месте стоит. А царя не видать.

Тут свита забеспокоилась:

— Мать честная! А где государь-то?!

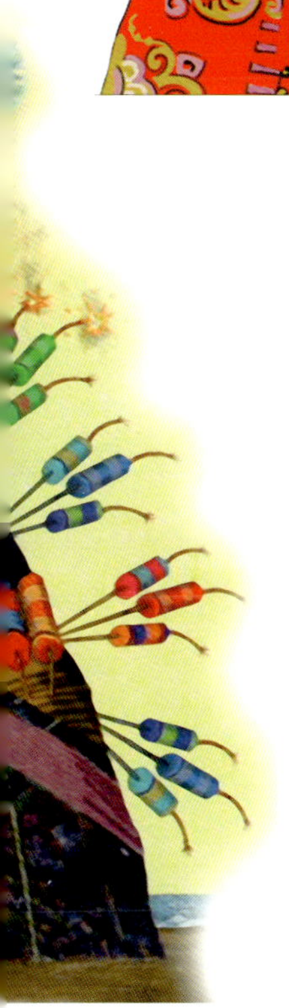

А государь летит по небу, государство своё обозревает и думает, что нельзя, мол, так опрометчиво иноземцам доверяться.

Тут солдат по лесу идёт. Домой возвращается. Песню маршевую поет:

«Было дело под Азовом,
Дело славное, друзья!
Наш могучий ампиратор,
Наш державный великан
Сам, родимый, пред полками,
Словно сокол, он летал!»

Вдруг прямо перед ним
что-то с неба упало.
Глянь — а из болота
ноги торчат. Взялся за
них солдат и вы-
дернул летуна из
трясины.

Царь, не оклемавшись толком, сразу вопрошает:

— Ты кто есть?

— Я, знамо дело, солдат!

Прислонил солдат царя к стволу и в очередь спрашивает:

— А ты кто будешь?

— Я — Пётр!

Солдат его по плечу хлопнул:

— О! Вот так-так! И я Пётр! Тёзка, значит.

А сам с царя кафтан снял и в пруду постирал.

— Эх, Петруша, мил человек, — говорит, — Как же тебя угораздило в болото? Не случись меня, утоп бы до смерти.

Потом искупал царя в пруду и персону его оглядел:

— Вот теперь вижу, что ты Петруха. А то уж подумал, что ты царь!

Пётр насторожился.

— Какой-такой царь? — спрашивает.

— Болотный! — смеётся солдат.

— Ну, царь не царь, а слуга я царский, — хитрит царь, — Выведи-ка меня из лесу, солдат.

— А царя покажешь? — щурится солдат.

— А ты и впрямь царя не видел?

— Куды там, в строю в дальнем шеренге стоял, оттелева не видать.

И пошли они. Солдат поёт:
«Уж не раз грозою грянул
На могучий вражий стан.
Пули облаком неслися,
Кровь горячая лилась...»

Вдруг из-за дерева на них разбойники.

— Стой! — говорят.

Государь к такому обращению непривычный. Да не успел он слово молвить,

как атаман кулаком его приложил. Но солдат не испугался — таких тумаков разбойничкам надавал!

Взвалил солдат государя на плечо и дальше зашагал. Идёт, песню поёт:

«Вдруг одна злодейка пуля
В шляпу царскую впилась.
Не смутился анпиратор,
Взор, как молния, блистал!»

Тут и царь очнулся.

— Ну что, оклемался? — спрашивает солдат. И пошли вместе. Пока солдатским маршем-то шли, не заметили, как заблудились. Кругом темень, ни тропки, ни просвету.

Солдат и говорит:

— Ну-ка, тёзка, помоги. Заберусь-ка я повыше, гляну, нет ли огонька, — и полез на самую высокую ёлку.

А царь стоит и думает:

«Надо же! Служил мне двадцать пять лет, а меня не видел! Странно сие!»

Тут на него солдат упал — еле его Пётр поймал.

— Есть огонёк, Петя, тут недалеко.

Долго ли, коротко ли, вышли к огоньку.
— Ох, не доброе это место, — говорит царь, — для ночлега не приспособленное и на карте государства Российского не отмеченное.

А солдата ничем не прошибёшь.

— Ничего! Приспособим! Отметим!

Солдат в дверь постучался, да никто не отозвался.

— Спят все? Аль померли? — крикнул солдат да как толканёт дверь, чуть с петель не снёс!

Дверь и отворилась. Глядь — на пороге старая карга: спина колесом, а на горбу чёрный кот глазом сверкает.

— Чаво надоть? — шамкает ведьма.

— Ты чего ж, старая, добрым людям не открываешь, на ночь не пускаешь? — говорит солдат.

— В лесу переночуете! Не похудеете! — огрызнулась старуха и хотела было захлопнуть дверь, да солдат ей помешал.

— Тихо, Бабуля-ягуля! Я-то ладно — солдатская голова, что под дождиком трава. А вот другу моему невместно в лесу ночевать! Он самого царя видал!

Вошли солдат и царь в горницу.

— А ну-ка, что есть в печи, на стол мечи! — говорит солдат.

Старуха из-за печи ругается:

— Сейчас тебе, пробка серая! Держи карман. На вас, дармоедов, не припасено!

Солдат зорким глазом своим да нюхом солдатским заприметил запас в печи. Пришлось-таки старухе делиться.

Полезла ведьма за рюмками, а про себя думает:

«Ладно, попотчиваю вас зельем снотворным. Крепко спать будете. На том свете проснётесь».

Солдат недоброе почуял. Поднесла старуха гостям зелье. Царь рюмку взял, а солдат ему выпить не дал и тайком на пол выплеснул. Старухин кот с пола слизал и немедля заснул.

— Ну и нам спать пора! — сказал солдат. — Эй, старая, готовь ночлег.

Старуха вдруг будто подобрела.

— Идите, гости дорогие, на чердак. Там на сене и тепло и мягко будет. — А сама руки потирает.

Да солдат-то всё примечает. Как на чердак залезли, он царю и говорит:

— Давай-ка по очереди спать, Петруша. Бережёного и Бог бережёт.

Выпал жребий царю в дозор. Солдат лежит и думает:

«Как-то будет Петя на часах стоять? Дай-ка на него гляну».

Смотрит, а тот стоит с закрытыми глазами и качается.

— Что качаешься? Аль дремлешь? — спрашивает солдат.

Царь сей же час глаза открыл:

— Нет, нет!

— То-то, смотри! — наказал солдат.

Вот царь стоял, стоял, и начало его опять в сон клонить. Тут уж солдат не сдержался и кинулся в царя ботинком. Тот враз проснулся, а солдат его корит:

— Разве так караул держат?! — говорит. — Меня двадцать пять лет уму-разуму учили! А тебя, видать, нет! Раз-другой простил, а уж третья вина завсегда виновата!

Посмотрел на государя, а тот еле на ногах держится. Пожалел его солдат:

— Ну, теперь ложись спать, горе луковое! Я сам на часы встану.

Лёг царь на сено, а солдат к оконцу подошёл. Глядь — а из лесу разбойники идут, солдатским кулаком битые. Злые да голодные.

Разбойники дверь распахнули и кричат с порога:
— Давай, бабка, есть и пить!
А старуха руками разводит:
— Ничегошеньки не осталось! Всё, что было, жильцы съели, выпили!

Старший разбойник чернее тучи стал.
— Какие ещё жильцы?
—Тише, вы! Ко мне в силки два птенца попались, — говорит бабка.
Разбойник кулачищем махнул:
— Ладно! Получим с них за хлеб-соль. Где они?
— На чердаке. Спят во все горло.
А солдат всё слышит, да храпит, будто спит.
— Саватейка! Иди сними петушков с жёрдочек, — командует атаман.
Саватейка и полез на чердак.

Залез, а там уж его солдат ждёт. Кулаком разбойничка погладил, тот и повалился — как раз под бок к царю.

Ждёт-пождёт вожак Саватейку, а того всё нету. Послал он другого:

— Иди-ка ты погляди, что он там возится!

Только тот на чердак сунулся, солдат его за шкирку взял и всего втащил. Кричит разбойник, а с солдатом сладить не может.

Атаман совсем разозлился.

— Бездельники, дармоеды! — кричит. — Не могут дело сделать!

И сам на чердак полез. Смотрит — а там знакомый солдат с поленом в руках. Разбойника оторопь взяла.

— Опять ты? — говорит.

А солдат отвечает:

— Я! Иди, вожак, к своей стае!

И наладил его поленом по башке.

Тут царь проснулся. Видит — разбойники вповалку лежат, и говорит:

— Что тут было? Опять они?!

— Они! Долго теперь не очухаются!

Государь огорчился:

— Что ж ты меня не разбудил?

Солдат только улыбнулся:

— Уж больно ты, Петруша, сладко спал.

Слезли они с чердака. Увидала бабка, что гости живы и невредимы, испугалась:

— Ой, служивенький, не губи!

А солдат с царём на сундук её смотрят и переглядываются.

Открыли сундук, а там золота на многие тыщи! То разбойники награбили.

Старуха криком кричит:

— Разбойники! Я самому царю буду жаловаться!

Царь только в усы усмехнулся.

Вынесли они сундук из избы и в лодку поставили. Плывут и вдвоём поют:

«Конь не дрогнул от удара,
Но быстрее поскакал.
Видно, турки промахнулись —
Ампиратор усидел».

А в то время свита под камнем сидит, по царю горюет. Смотрят — царь с солдатом в лодке подплывают да сундук на берег ставят. Свита так на колени и попадала.

А царь вопрошает:

— Ну, что, потеряли царя своего?

Солдат недоумевает:

— А кто царь-то?

Тут слуга подбежал, государю его камзол подал. Царь прибрался и говорит:

— А видишь — все без шапок, мы с тобой одни в шапках. Вот кто-то из нас двоих и есть царь!

Солдат рассуждает:

— Ага! Ты слуга царский. Стало быть, это я, что ль, царь-то?

А царь расхохотался:

— Хитёр, пробка серая! Изворотлив, шельма!

А тут свита опять за своё — не желает ли государь опыт с камнем продолжить?

Царь солдата спрашивает:

— Ну как, солдатик? Что, думаешь, с камнем сим сделать возможно?

А солдат и говорит:

— На камень боле тратиться не надоть. На енто золото, ежели с умом, цельный город отстроить можно. А на камне том надлежит вашему ампираторскому величию памятник водрузить! Потомкам в назидание!

И повелел царь — быть по сему! А солдату тихонько наказал:

— Да смотри, никому не сказывай, что башмаком-то меня огрел.

Как царь повелел, так всё и сделали!
И город стоит, и камень с памятником.

УДК 82-93
ББК 83.3(2)
М15

Ск42 Сказки народов России. По мультфильмам студии «Пилот». Янтарь. – М.: Вадим Левин, 2009. – 96 с.- «Аэродром».

ISBN 978-5-903019-13-7

Талантливые и веселые люди, лучшие мультипликаторы России, создали уникальный проект – серию мультфильмов «Гора самоцветов» по сказкам народов России. Эти чудесные мультфильмы и стали основой для серии книг «Сказки народов России».

Пять самоцветов – пять книг. В них собраны замечательные сказки русских, татар, мокшан, белорусов, украинцев, даргинцев, нанайцев, ительменов, якутов, корейцев... Народы разные – страна одна.

Мудрость древних сюжетов и талант художников-аниматоров (среди них – создатели «Пластилиновой вороны» и «Винни Пуха») подарят много радости и детям, и взрослым, которые возьмут в руки эти книги. Великолепные иллюстрации дали новую жизнь прекрасным сказкам – веселым и страшным, мудрым и озорным. И каждая из них – как драгоценный камень-самоцвет.

ISBN 978-5-903019-13-7

УДК 82-93
ББК 83.3(2)

подготовка изображений	СЕРГЕЙ ВАСИЛЕНКО, АЛЕКСЕЙ ГАНКОВ, ВАДИМ ЛЕВИН, ЮНА НИКИТИНА, ПОЛИНА НОВИКОВА, АНДРЕЙ ПУЧНИН, ЛЕОН ЭСТРИН
подготовка текстов	ВАДИМ ЛЕВИН, АННА ТАРАСОВА, ЕЛЕНА УЖИНОВА, ОЛЕГ УЖИНОВ, ЕЛЕНА ЧЕРНОВА
корректура	ГАЛИНА ШКАРБАНОВА
дизайн, оригинал-макет	ВАДИМ ЛЕВИН
пластилиновые буквы	ГАЛИНА ГОЛУБЕВА

Подписано в печать: 25.07.2008. Формат 84 х 100 / 16
Гарнитура «Pragmatica» из библиотеки ParaType. Тираж 10000 экз.
Отпечатано в Китае

ИП В.Л.Левин
121096, Москва, ул. Василисы Кожиной, д. 8 корп. 1
nb1954@yandex.ru